DU MÊME AUTEUR

D'UN CHEVAL L'AUTRE, Gallimard, 2020 ; Folio, 2021.
LES CANTIQUES DU CORBEAU, Gallimard, 2022.

UN GESTE VERS LE BAS

Pina Bausch et Micha Figa au théâtre Zingaro.
Image extraite du film *Coffee with Pina* de Lee Yanor.

BARTABAS

UN GESTE VERS LE BAS

nrf

GALLIMARD

Les morts sont parmi nous, plus vifs que les vivants,
Nous intimant d'être à l'écoute. Initiés
Par-delà douceur et douleur au grand secret,
Ils n'auront de cesse qu'ils ne nous l'aient confié.

François CHENG, *Enfin le royaume*

C'était bien tard après la représentation, le public avait déserté le grand feu qui s'était tu. Sous la lune, quelques silhouettes erraient encore devant les caravanes. Une petite femme aux cheveux courts m'aborda en trottinant.

— Madame Pina Bausch aimerait vous saluer.

Seule devant le foyer incandescent, la danseuse se balançait imperceptiblement, comme un saule de satin noir bercé par ses pensées. De son ample manteau sortait un pied qui battait l'air sur les braises et faisait bruire doucement des aiguilles de feu.

D'abord ce furent ses yeux qui m'adressèrent la parole, des yeux d'azur qui, bien que tapis au fond de leur alcôve, éclaboussaient un visage de plâtre.

Elle s'empressa de jeter sa cigarette et me tendit une main blanche aux doigts fins.

— I'm Pina Bausch.

Ses paupières s'inclinèrent sous son front large, elle eut une manière très douce de ramener la queue de ses cheveux sur sa nuque.

Son visage était l'exact reflet de sa voix.

— Thank you for the wonderful show. What a world you have here… And those horses…

J'ai dit merci et dans mon trouble je n'ai pas trouvé d'autres mots ; elle non plus. Ses lèvres avaient gardé la forme de la dernière parole prononcée.

Nous voilà dans un cercle de silence. Je reconnais ce silence, le langage vertueux des chevaux, somptueux silence, interminable. À nos pieds l'âtre avait repris des couleurs. Nous savions tous deux qu'un seul mot énoncé pouvait détruire tout le mystère du monde. Depuis cet instant, le nom de Pina Bausch a grandi en moi.

En partant, elle m'a invité à lui rendre visite au Théâtre de la Ville et découvrir son spectacle.

1

Elle m'offre une cigarette comme on dépose un licol de prière. Elle approche son visage. Je lui tends ma flamme. Elle aspire, emplit puis vide son corps ; la fumée voyage à travers sa poitrine, ses épaules et sa nuque, et s'échappe avec le geste de sa main.

Nous sommes assis à table face à face, derrière elle il y a un chien qui fume.

Avec ses veines à fleur de peau et son encolure de cygne, elle me fait penser à un pur-sang de course. Lentement ses bras s'étirent très haut, pareille à une naufragée perdue dans un songe, elle rattrape ses pensées de ses mains graciles. Sans rougir, les yeux dans les yeux, nous effleurons nos verres ; duo de tulipes aux joues écarlates. Ici, le silence n'est pas un alibi mais le signe d'une reconnaissance mutuelle : celle des timides.

Tout de suite nous nous sommes reconnus, comme des porteurs d'âmes, des chefs de clan qui forcent le destin et, toujours à l'affût, ne portent pas de chemise.

Tels deux taiseux qui se découvrent, nous avons partagé un flot de paroles inutiles ; nos voyages, nos rencontres, nos aventures et le fardeau de nos compagnies. De cigarette en cigarette et de verre de vin en cigarette, nous avons échangé sur nos doutes et les affres de la création. J'ai beaucoup parlé de mes chevaux, elle, très peu de ses danseurs.

Enfin le silence s'est imposé.

L'envie de parler a fait place à l'envie de faire.

— J'aimerais vous présenter un cheval… il se nomme Micha Figa.

La fumée monte au ciel sans que son souffle ni sa main ne la troublent.

Nous recommandons du vin.

Nous buvons sans rien dire, le regard en quête. Lorsque nous reposons nos verres, il ne reste plus personne. Nous nous levons et elle me suit.

Quand un défi vient à nous, il nous transperce comme une épée. Cette nuit, nous allons rendre visite à Micha Figa, le cheval qui, je l'espère, saura accueillir cette âme tourmentée. En rejoignant le Théâtre Zingaro dans ma Plymouth paresseuse, nous échangeons encore en silence quelques cigarettes.

Je mesure aujourd'hui l'audace et la confiance dont elle a dû faire preuve pour se mettre ainsi sur la trajectoire de l'inconnu.

2

Quixote repose debout, les yeux clos, tout son poids sur trois jambes. Dolaci, allongé sur le côté, agite son antérieur d'un geste saccadé, il semble très loin quand il rêve. De même qu'elle m'a présenté ses danseurs, un à un, à l'issue de son spectacle, dans les coulisses du plateau jonché d'œillets fauchés, je lui dévoile à voix basse mes artistes sabotés. Elle me suit de près, contrite de s'immiscer ainsi par effraction dans leur intimité. Elle reste bouche bée à l'écoute du chant aigu, cristallin, inhumain, qui s'échappe des flancs sombres de Zingaro couché sur les copeaux.

Un box est un confessionnal où l'on peut entendre respirer l'âme des chevaux. Par les fenêtres entrebâillées, un éclair de lune baigne leurs confidences. Devant chaque porte, sur une petite ardoise, un nom atteste leur histoire.

Nous arrivons chez Micha Figa. L'ange est là, immobile dans sa nudité d'ambre. Il semble nous attendre et le manifeste par les oreilles ; lui aussi est un timide.

J'entrouvre la porte, il reste là. J'entre et, d'une main qui sait apaiser les chevaux, lui caresse l'encolure. Alors que je l'invite à faire de même, elle s'émeut, détourne le visage et, comme une prêtresse qui connaît les distances, m'explique d'une voix posée qu'elle ne se voit pas, en signe de salutation, flatter de sa main le cou d'un étranger.

Elle se tourne vers Micha Figa : avec ses yeux noisette et sa robe lunaire, il lui déshabille le cœur. Faisant sienne l'expérience, elle entre prudemment et s'accroupit dans le coin près de la porte. Je me retire, juste assez pour qu'il me voie la voir. Curieux de sa prise d'espace, l'animal lève la tête et, dans un geste de noble insoumission, lui montre la croupe. En ignorant l'intruse, le voilà qui l'oblige ! Elle se redresse… Il se retourne alors… Les voilà enfin face à face, devant l'inconnu.

Ils s'observent longtemps – eux n'en savent rien. Ils sont miroir l'un pour l'autre. Elle veut être en lui ; moi je sais qu'il est en passe de l'accueillir dans l'univers où il vit.

Elle baisse les yeux, puis les relève pour saisir son regard ; cette manière de rendre et de reprendre que nous partageons avec l'animal. Au moment même où, dans cet instant suspendu, je me demande comment faire entrer une parole douce, sa voix tremble. Elle exulte à chuchoter son nom : « Micha Figa… Miicha Fiiga » accentuant deux fois le i pour rendre plus suave son accent germanique. C'est maintenant qu'il lui faut esquisser le pas de l'interrogation.

Elle tend son encolure vers lui en signe d'allégeance. Le cheval s'approche et du bout des lèvres dépose sur son front une langue très ancienne, puis il expulse un soupir de résilience et se détourne. Elle ouvre les yeux et son visage n'est plus que front embrassé et regard qui brille.

Maintenant il faut se détacher, demain nous avancerons ailleurs. Je sais que dans leur cœur tout reste encore à naître.

*

Par la fenêtre de son taxi elle m'adresse un signe de main dans le jour débutant.

Il me reste une heure pour dormir avant l'éveil de la tribu. Il faudra que je me souvienne de cet instant où l'animal se manifeste pour extirper les humains du pathos qui les affecte parfois.

3

Cette nuit, sous la charpente de bois tendre où résonne encore la clameur d'*Opéra équestre*, la piste sera leur territoire.

Des deux, il est le plus surpris : Micha Figa, c'est un soliste ! Le premier cheval totalement libre dans les *Cabarets* de Zingaro. Seul en scène, sans cavalier ni partenaire, il jouait sa partition d'oreilles devant un public médusé. Ses déplacements imprévisibles et tonitruants laissaient derrière eux la résonance de sa robe d'or. Cette fois, il va devoir partager son espace circulaire.

Assis dans les gradins, je suis aux aguets, prêt à intervenir car ce qui se joue ne peut être laissé au hasard. À elle, je n'ai prodigué aucun conseil ni donné aucune directive. Il s'agit de faire en silence ce qui ne peut être discuté.

La piste est un terrain de jeu qui exclut le monde, les voilà naufragés au milieu de nulle part. Comme deux oiseaux qui s'appellent sans se voir, ils s'observent et se questionnent à distance.

Elle marche sur ses pas pour explorer son chemin, il repasse derrière elle, comme pour avoir le dernier mot. Ils reviennent sur les cercles qu'ils ont déjà tracés. L'espace entre elle et lui, c'est cela la danse de cette nuit.

Pour absorber sa peur, elle accorde son corps au mouvement de son âme. Ils échangent des vibrations.

Il bâille.

Elle s'incline.

La nuit s'avance. Il flotte un sentiment d'espoir. Elle espère en lui comme j'espère en elle.

Il bâille à nouveau.

Elle ouvre une bouche immense et bâille à sa manière. Aussitôt elle esquisse un rire gêné, un peu honteuse de son imitation.

Chaque espèce a son vocabulaire, issu d'un apprentissage, une compréhension par l'imitation : la mère sourit à son enfant qui lui sourit en retour. Le cheval, en mordillant son congénère, lui indique la partie de son corps qu'il ne peut atteindre lui-même, et que ce dernier mordillera en symétrie.

Dans l'ombre je la regarde s'aventurer sur ce chemin inexploré avec détermination et une infinie délicatesse. À sa manière elle veut aller vers là où croît sa peur. Elle l'apprivoise au hasard, sans méthode, absorbée par le désir de se connecter à l'animal. Elle voit bien que ce corps n'est pas sans dedans, ni sans « soi ».

Mais voilà qu'il pète ! Effrayé par lui-même, il fend l'air la queue en panache. Elle est si surprise devant cette impétuosité qu'elle m'interroge du regard.

Ainsi va la nuit, la torpeur est indigne.

Plus tard, assise sur le bord de la piste, son menton sur ses poings, elle offre son écoute.

Après avoir bien pris la mesure de l'espace, Micha Figa

tire la piste vers lui en grattant méthodiquement. Il tourne sur lui-même encore et encore. Enfin il décide de changer de partition ; avec une précaution d'apothicaire, il replie ses quatre jambes à la fois et lentement dépose les quatre cents kilos de son corps au centre du cercle. Un long râle accompagne cette ascension à rebours. Une fois au sol, il se retourne sur le dos et se contorsionne tel un poisson sorti de l'eau. Il se redresse d'un mouvement, s'ébroue de la tête à la queue. Le cuir de sa peau fait des vagues et ses membres craquent comme un navire qui s'échoue sur le sable.

Sa carcasse à peine stabilisée, il répète, sur l'autre flanc, sa chorégraphie à l'identique.

Entre ses deux mains écartées, elle a saisi la scène, l'envergure inhumaine, toute la profondeur de cette voie vertébrale. Elle voudrait se reconnaître dans cet inoubliable qu'elle n'a pas seulement vu mais habité.

S'il est vrai que nous sommes depuis l'animal, retrouverons-nous, par la danse, la plus ancienne conversation avec lui ?

Dans la nuit qui s'échappe, elle s'est essayée à cette roulade céleste.

L'animal qui la regarde semble chercher le but et la raison.

Il bâille à nouveau.

4

Il est une heure du matin quand je gare ma Plymouth interminable en double file devant le Zimmer, place du Châtelet. Je l'aperçois, encore à table avec quelques admirateurs récalcitrants. Je klaxonne et nous voilà en route pour Aubervilliers. Elle est concentrée sur celui qui dans le cercle va s'offrir à sa rencontre. Elle ose.

— Tu penses que Micha Figa m'attend ?

— Il faudra lui demander.

Ma réponse se perd dans le silence. Je m'en veux d'être si con.

Elle entrouvre la fenêtre pour laisser s'échapper les volutes qui tournent en rond dans l'habitacle. Nous remontons le boulevard Sébastopol. Plus un mot ne sera prononcé.

*

Tendre cartilage.

C'est par ses bras qu'elle implore. Ils s'appuient sur l'air comme les ailes d'un grand oiseau, qui d'un battement récitent le temps. Je perçois une étrange douceur dans le regard de Micha Figa. Une manière si délicate de la considérer lorsqu'elle déplie son bras sans fin et que sa main dessine une parole qui s'envole.

Soudain elle s'arrête, son corps n'existe plus, ses mains ne veulent plus être.

L'animal s'interroge. Il voudrait élucider le mystère de cet être qui se refuse délibérément à faire corps.

— Tout cela n'est pas juste ! C'est si kitsch.

Je ne réponds pas ; je me dis qu'il est normal de s'égarer. Il faut qu'elle s'offre à lui, qu'elle lui parle. Car toute adresse peut engendrer une réponse ; les prémices d'un langage.

Elle revient vers lui la main tendue.

Il la contourne dans l'indifférence.

À la fin, debout devant lui, elle laisse ses yeux se fermer.

Elle a déposé sa danse à ses pieds.

Alors, alors seulement, il s'approche d'elle et, frôlant son oreille, lâche un soupir qui va se perdre dans le frisson de son être.

La tendresse de cette caresse flotte autour d'elle lorsque je raccompagne l'animal dans son box.

5

Cette nuit est une même nuit, empreinte de sensations troublantes, d'échanges invisibles, d'impossibles retours.

Un grand souffle encore.

Un répit.

L'animal se détourne et ses doigts ont juste le temps de glisser le long de son flanc.

Caresse déconcertante.

Il reste immobile et muet, comme le gardien d'une parole indicible.

Le cheval reprend son trône.

Je reste en suspens sans haleine ni pensée.

*

L'aurore a des airs de fatigue.

6

Elle est arrivée comme une vestale éreintée, la mine en papier.

Attention flottante
        son poitrail l'appelle
                sa main s'interpose

Leurs regards se perdent
        attitude de faussaire

Ce n'est pas aujourd'hui
        qu'ils trouveront le chemin
                d'une union véritable

Dehors souffle le vent
        dans l'avenue Jean-Jaurès
                la pâle lueur rouge sur un toit noir
                        disparaît

Je retourne voir le noble animal
        je sais qu'il sera le complice
                de ses détresses et de ses joies

7

Dernière représentation de *Nelken* au Théâtre de la Ville ; un troupeau d'hommes et de femmes lâchés en liberté dans un champ d'œillets y dansaient la détresse de n'être que des humains.

Pot de dernière, congratulations, la prêtresse est très sollicitée. Elle a l'écoute élégante et le sourire amène des artistes rompus à l'exercice de la notoriété. Elle m'observe à la dérobée, par-dessus les épaules qui l'entourent. Nos regards s'interpellent. Il est minuit passé, temps de s'éclipser en douceur…

Par ce temps de froidure ma Plymouth capricieuse renâcle avant de capituler. Nous tentons, sans succès, de héler un taxi. « Qu'à cela ne tienne, allons-y en marchant ! Nous en trouverons bien un sur la route », propose-t-elle. Ragaillardie par quelques verres de champagne, elle s'attelle à mon bras et nous voilà en marche.

Nous longeons la Seine jusqu'à Bastille. L'air est si cru qu'il suture nos visages. Tête fléchie nous partageons le même silence et l'écartement de nos pas.

Le long du canal Saint-Martin, nous suivons le chemin de

halage et patientons devant l'écluse. Nous marchons maintenant côte à côte. Mon regard caresse son épaule dans la lumière qui s'accroît et disparaît à la lueur des vitrines noctambules.

Stalingrad ! Longue marche sans lever le front. Nos ombres devant nous rebondissent sur le pavé comme les mots que nous voulons nous dire.

Avenue de Flandre. Sous le porche d'un temple, j'aime ses deux mains illuminées autour de la flamme que je lui offre en partage et aussi ce visage de madone au regard de cathédrale.

Mes pieds fourbus peinent à remonter l'avenue Jean-Jaurès. Les siens caressent le sol à chaque pas alors que je suis si lourd d'être toujours allé à cheval.

Nous creusons dans la brume qui referme le chemin. On entend cacarder les gardiennes de Zingaro. La nuit épaisse laisse à peine entrevoir les marches du théâtre.

Dans son antre l'animal nous attend debout. Il a dans les yeux une question immense.

8

Elle a posé son sac à l'entrée du box, étire son corps pour oublier la longueur de la route et, dans la pénombre, pénètre avec prudence le territoire de la bête. Dans le barn s'installe une mélodie nocturne bercée de longs râles, lamentations venues des profondeurs, ponctuée des doux pets de l'âme que sont les soupirs d'extase.

Accroupie dans un coin, adossée à la paroi de bois, elle entre dans un état de profonde réceptivité. Dans le coin opposé, Micha Figa vient d'expulser un crottin chaud et fumeux. L'odeur de cette parole sacrée lui rappelle que le cheval partage avec elle cette « plaie à neuf ouvertures [1] » qu'est le corps des mammifères. Peu à peu elle abandonne tout sentiment de soi, toute présence dans l'espace.

Curieux de cette métamorphose, il s'approche au-dessus d'elle, front bas et paupières mi-closes. Elle effleure du bout des doigts son chanfrein consentant. Il y a quelque chose de primitif dans ce geste et son acceptation.

En prélude à l'éveil des rêveries, elle s'allonge sur la paille

1. La *Bhagavad-Gita*.

dans la simplicité des bêtes. Comme un chat qui dort en remuant la queue, elle promène son doigt sur la peau étirée d'un brin de paille qu'elle a mis dans sa bouche. Lui, bien qu'immobile, semble se mouvoir à l'intérieur de lui-même. Debout sur trois membres, il s'est décalé légèrement pour libérer un postérieur.

Elle lutte pour ne pas s'endormir ; même son pied qui s'avance tout au bout de sa jambe a abandonné le souvenir de l'en-dehors.

Face à cette incursion, il recule son sabot avec tant de précaution que l'on croirait voir une petite main gantée.

Dans ce pavillon intime les murs s'effacent et apparaît le ciel étoilé. Bientôt, dans leur sommeil, ils n'auront plus de corps. À moins qu'ils ne voyagent en rêve dans celui de l'autre. Mon âme au milieu de la nuit est confuse et défaite. Je les regarde dormir, je ne sais plus vraiment quel monde les habite.

⋆

Elle a la tête dans la brume, les bras ballants, elle aspire le vent frais du matin. Ses chaussures glissent sur le gravier et font de la musique.

Aujourd'hui commence une autre histoire.

Avant de s'en aller, elle m'a pris dans ses bras et m'a déposé un baiser enfantin.

« Tu es un magicien ! »

9

L'été s'annonce. La saison terminée, sa compagnie se replie sur Wuppertal. Elle décide de rester quelques jours à Paris. Je lui propose une caravane. Toujours curieuse d'explorer de nouveaux territoires, elle prend ses quartiers à Zingaro.

Elle se trouve vite familière au milieu de cette tribu unie comme une dynastie cavalière. Parce qu'ils font fi des apparences et surplombent les conventions, ses membres reconnaissent comme une des leurs cette femme insolite au corps souple, affublée d'un pantalon mou, d'un tee-shirt flottant, coiffée d'une casquette de base-ball à l'envers et sans cesse une clope à la main.

Le matin, quand l'air virevolte de copeaux, elle peut voir les cavaliers s'affairer à panser leurs chevaux. Elle imagine des couples de danseurs qui se peignent les cheveux et s'apprêtent mutuellement avant d'entrer sur scène.

Puis les corps s'échauffent ; genoux creux, épaules profondes, membres secs et mollets musclés, coup de reins plus souple que le saut d'un poulain. Les voltigeurs aux orteils écarquillés soulèvent leurs montures d'un battement de jambes.

Elle contemple l'incessant ballet des chevaux aux cuisses couvertes d'écume, qui rebroussent chemin vers la douche. Tous ces rites ne lui sont pas étrangers.

Plus tard, assise fumant dans le gradin, elle m'observe guider paupières closes le pas savant de mes danseurs aux sabots délicats. Appuyer, pirouette, passage, changement de pied ; autant d'airs qu'elle reconnaît comme étant de son propre univers.

Quant à Micha Figa, je n'ai pas souhaité qu'elle s'en approche trop de jour, ni qu'elle apprenne à lui prodiguer le moindre soin ; que s'instaure entre eux un rapport de servitude qui aurait pu galvauder leur relation. Ils se devaient de rester deux amants funambulant au cœur de la nuit.

Le jour tombe, irrémédiable. De la bouteille coule le flux rouge qui remplit nos globes de verre. À travers l'écran de fumée blanche qui s'échappe de ses lèvres, elle demande :

— Micha Figa, d'où vient ce nom étrange ?

10

De retour dans les escaliers de ma mémoire, comme on feuillette un livre ancien, je reviens sept années en arrière pour lui conter la genèse de notre histoire.

« À l'heure où les Espagnols entament leur deuxième nuit, sous un soleil de plomb, je laisse mon camion à l'entrée du village et je vais à pied, affûté comme un cochon truffier, à la recherche de l'animal adéquat pour s'initier à la jonglerie à cheval.

Depuis le matin tôt je visite les maquignons de ma connaissance et, par le jeu du téléphone valencien, j'ai atterri à Paterna sur la rive gauche du Turia.

Je longe les murs sous les volets mi-clos quand me parvient un son familier. Un hennissement. Il s'est échappé comme un souffle, presque sous mes pieds. Par le soupirail en contrebas, je distingue une dizaine de chevaux attachés côte à côte, séparés par un bastaing en guise de bat-flanc… Et tout au fond, dans un tableau de Zurbarán, révélé par le prisme oblique du soleil, un cheval illuminé d'or.

Plutôt petit, le dos creux, il lève la tête et j'aperçois son œil noisette teinté d'un reflet vert. À l'appel de ma langue ses oreilles entrent en danse. Avec sa robe lunaire, au fond de cette cave, derrière ces chevaux ternes et gris, il est comme un ange, le destin qui vient à ta rencontre ; pas celui que tu croyais chercher, celui qui t'attendait. Il lance un hennissement vers l'invisible.

Au-dessus, c'est une sorte d'entrepôt agricole, les volets sont clos et la porte à grands battants est condamnée par une planche clouée en travers. Je frappe à tout hasard. J'appelle. Pas de réponse. Aux alentours ni bar ni commerce, tout est muet. Deux gamins passent en courant.

— *Hola chicos, una pregunta…*

Ils me disent que les chevaux appartiennent à un dénommé Micha Figa, qu'ils ne savent pas où il vit, mais que je pourrai le trouver dans sa boutique calle Recoletos, un peu plus haut, « *la tercera a la izquierda* ».

*

J'y suis.

Calle Recoletos, 18. C'est un primeur, fermé pour cause de sieste.

J'avise un troquet presque en face. Entrouvert, silencieux ; dans la pénombre, une machine à sous en sommeil. Sur le comptoir, dans un présentoir vitré, quelques *churros* du matin et des *tapas* en attente. Apparaît un petit homme, court sur pattes, la soixantaine, il a le cheveu rare mais bien lissé, le corps cabossé, et porte une chemise à manches courtes soigneusement rangée dans son pantalon remonté jusqu'aux aisselles.

— *Hola, buenas… ¿Que te sirvo?*

— *Una caña por favor.*

Atterrit sur le zinc la première *cerveza* aussitôt accompagnée d'une portion de tortilla. Je pars à la pêche. Oui, c'est bien le susnommé Micha Figa qui tient le primeur d'en face. Il est maraîcher de métier, mais possède quelques chevaux « pour faire le môssieur ». Si je veux le voir, il me faudra attendre dix-sept heures, l'ouverture de son magasin. Il est quatorze heures trente : un peu plus de deux heures à tuer.

★

Deuxième *cerveza.*

Il se nomme Pepe et me tend un anchois frais piqué d'une banderille de bois fin.

Il aime les concours d'arrastre et ces puissants chevaux à double croupe qui, dans les dunes de sable, arrachent de lourdes charges en faisant sonner leurs grelots.

★

¡A los caballos! Troisième *cerveza*, et ces deux olives fourrées qui m'observent… Encore une heure à espérer… Il n'y a qu'en Espagne que l'on peut dénicher un cheval au débotté dans des lieux improbables. Ici, il est l'emblème de la réussite du parvenu, il est aussi monnaie d'échange pour les dettes impayées. Sans compter les chevaux portugais exfiltrés en catastrophe pendant la révolution des Œillets ; parmi ces migrants involontaires au parcours chaotique,

sans papiers mais au fer prestigieux, on pouvait trouver des perles.

★

¡Viva la revolución! Quatrième *cerveza, con boquerones.*

J'aurais aimé vivre cent ans plus tôt. L'époque où l'on pouvait côtoyer les chevaux comme on croise les voitures aujourd'hui. Un immense marché d'équidés à ciel ouvert.

★

Cinquième *cerveza.*

Pepe est mon ami. Il est veuf. Ses parents sont morts pendant la guerre civile, lui a été torturé par les milices franquistes. Il veut tout savoir de moi, je lui raconte que je fais du cirque.

— *¡¿Ah sí!? Yo también, tengo un número de circo.*

★

Sixième *cerveza.* Il me parie cent pesetas qu'il peut se mordre le cul !

L'homme, plutôt enveloppé, n'a rien d'un contorsionniste – il a les bras courts et les pieds plats ; je ne risque rien.

— *¡Toma!*

Je lui tape la main.

Il passe de l'autre côté du comptoir, ouvre la bouche et

d'un coup en extrait toute sa dentition. Avec son dentier complet, il pince le cul de son pantalon !

— *Eres un fenómeno…*

Dix-sept heures, ça ouvre en face. Allez, *la última*, après on ne se connaît plus.

⋆

Dernière *cerveza. Con queso.*

Au fait, pourquoi ce surnom de Micha Figa, « Moitié de Figue » ?

— *Porque es un roñoso.* Comme il est très radin, s'il te vend cent grammes de figues et que cela dépasse de quelques grammes, il coupe la dernière en deux pour faire le juste prix !

— *Hasta luego amigo.*

— *Adiós. Que tenga suerte.*

⋆

Première règle de l'acheteur : ne jamais montrer son intérêt pour l'objet désiré. Pour l'amadouer, j'affiche mon admiration pour toute sa cavalerie. Chevaux voleurs, tous en surpoids par manque d'exercice ; avec lui je les détaille un par un. Au final, tous trop chers pour mes modestes moyens.

— Et le petit tout au fond ?

— Celui-là, c'est le cheval de ma fille ! Il n'est pas à vendre.

Encore trop cher pour moi.

Mais l'homme a visiblement les yeux plus gros que le ventre, et ses chevaux trop nombreux sont devenus encombrants. Je tente le tout pour le tout, sors l'oseille et la pose sur la table. Tout ce que j'ai, mais beaucoup moins que ce qu'il demande.

Indignation. Discussion. Hésitation, réflexion… Il me serre la paluche, l'affaire est conclue à regret.

Je décide d'emmener le cheval sur-le-champ, avant qu'il ne change d'avis. Nous voilà marchant dans les rues, en direction du parking où m'attend mon camion ; des gamins excités par l'apparition nous escortent à vélo. C'est le crépuscule, un dernier rayon en contre-jour unit nos ombres, j'emmène mon prince au bout d'une corde et je suis son ange gardien.

Il prendra le nom de Micha Figa. »

11

Les nuits se suivent, sans dévoiler l'apparence d'un contenu. Je suis prisonnier de ma propre perception. Le temps s'écoule à mesure que mon désir de m'ouvrir à mes émotions me dépouille de ma lucidité. Mais à force d'observation, il arrive un moment où nous écoutons plus juste.

Depuis qu'ils ont partagé le sommeil et peut-être échangé leurs rêveries, je vois bien qu'ils veulent croire à tous les enchantements. Ils ont ouvert la boîte de Pandore ; en secret je rêve de ce qui va en sortir.

Il lui fait face, sabots plantés à l'aplomb de lui-même en signe d'interrogation. Question muette à laquelle elle s'efforce de répondre avec les mots de son corps. Ses bras se tendent vers lui. Hypnotisé par le mouvement de ces mains aussi légères que l'air, le cheval lance la tête dans un mouvement oscillatoire, qui peu à peu entraîne son encolure et ses épaules. Par une communication élémentaire, retournement du jeu de miroir, il invente un vocabulaire. Ces mouvements de bras, offrande de liberté, il les accompagne maintenant de toute l'ampleur de son avant-main avec la persévérance de l'être qui s'accomplit en accord avec l'autre. Ils se tiennent par les yeux, ils se respirent l'un l'autre organiquement. Ils ne s'imitent pas, mais créent au naturel.

Chez l'homme comme chez l'animal, chaque geste dévoile un sentiment. Les sillages qu'ils creusent par le mouvement de leurs corps sont plus que des prières.

Cette nuit, je sais que ce ne sont pas mes yeux qui ont vu, mais mon cœur qui a déterré un poème enseveli.

*

Le matin éclairait des parties de leur corps endormi.

Sur le quai de la gare elle a soufflé un baiser, du bout des doigts, comme une feuille d'automne.

12

Elle n'est pas de ceux qui portent sur eux l'odeur de la peur. Jamais elle n'avait approché un cheval.

Je sais maintenant qu'elle ne sortira pas indemne de cette aventure.

13

La pleine lune est une irradiation, une présence, elle m'accompagne dans l'étrange douceur de cette nuit d'été. Marche à mes côtés un colosse en chaussettes blanches. Il se nomme Ryton Regent ; le plus brave du régiment, le valeureux grognard, celui sur qui l'on peut compter. C'est un shire directement venu d'Angleterre, un mètre quatre-vingt-dix, bai brun avec quatre balzanes et une liste qui vient fendre sa tête busquée. Il est gentil ; il porte sur son dos un désir qui s'envole.

Zingaro a dressé son chapiteau sombre au cœur de la Ruhr. Ici, dans les années noires, on échangeait du charbon contre du théâtre. De Wuppertal elle est venue en voisine : c'est soir de première.

« Tu es entouré de beaucoup d'amour ! » me chuchote-t-elle alors que toute la compagnie célèbre l'événement. Nous buvons beaucoup, assez pour oser l'aventure au bout de la nuit.

Jamais elle n'a enfourché un cheval, mais tout de suite ses jambes se placent à l'aplomb de son corps. Elle rit de se trouver si haute ; comme une reine au firmament.

Une bouteille à la main et mon étrange attelage dans l'autre, je pars sans savoir.

C'est un voyage sans itinéraire ni but. Je vais sur le chemin qui se choisit, à moins que ce ne soit celui qui ne se choisit pas !... Âpre ivresse en suspens... Le chemin est en haut, pas en bas. En bas il y a l'ombre du chemin...

La bête que j'accompagne est une bête à deux souffles, deux visages, deux noms. Tout ce qui est double dans ce même voyage devient un... Vin d'alliance, je pense que j'ai un peu abusé.

Dans ce qui me semble être une petite clairière, nous nous arrêtons. Avec la souplesse d'un ange, en laissant ses jambes tomber de tout leur poids exactement où elles doivent être, elle couche son buste en arrière et sa tête vient reposer béatement sur le sommet de la croupe. Les bras en croix, allongée face aux étoiles, c'est la première fois qu'elle ouvre les yeux sur le dos d'un cheval. Il n'y a pas de silence trop grand pour elle.

J'ai lâché la longe, je me suis assis contre un arbre, le cœur immobile, la bouteille à la main. Boire ce qui reste à boire face à la nuit sidérale... La bête à deux dos qui se trouve devant moi possède deux regards, l'un tourné vers le firmament, l'autre vers l'herbe grasse qu'il dévore.

Je pense à Mazeppa, au petit tableau de Géricault, au poème de Victor Hugo et au parfum de vin qui semble sortir de la terre.

Ainsi, quand Mazeppa, qui rugit et qui pleure,
A vu ses bras, ses pieds, ses flancs qu'un sabre effleure,
Tous ses membres liés

Sur un fougueux cheval, nourri d'herbes marines,
Qui fume, et fait jaillir le feu de ses narines
Et le feu de ses... [1]

Un nuage vient, il pleut des larmes de vin...

Je me réveille en sursaut, l'eau ruisselle sur mon visage. Je n'en crois pas mes yeux ; devant moi, il n'y a plus personne. Sursaut au débotté. Je cours au hasard dans la nuit noire et la pluie qui redouble. Où chercher ? Je suis un pauvre pisteur en quête d'indices : un crottin, un tubercule déterré qu'aurait dédaigné la bête invisible... Mais comment voir dans la nuit ? Et puis, j'ai mal aux cheveux !

Je cherche le vol du charognard, il m'a semblé entendre les hurlements d'un loup – à moins que ce ne soit un chien à la poursuite du cheval qui s'emballe.

Un cri part ; et soudain voilà que par la plaine
Et l'homme et le cheval, emportés, hors d'haleine,
Sur les sables mouvants,
Seuls, emplissant de bruit un tourbillon de poudre
Pareil au nuage noir où serpente la foudre,
Volent avec les vents !

Maudit Victor Hugo !

Mais la pluie s'arrête, pas de panique. Il faut garder la tête au froid. Les chevaux contrairement à nous sont connectés avec les astres, ils se guident aux étoiles et ont un sens inné

1. Victor Hugo, « Mazeppa », in *Les Orientales.*

de l'orientation. Quand ils sont perdus, ils savent rentrer à l'écurie.

Je cours en direction du campement. Je l'aperçois ; il déambule tranquillement tout en marquant des pauses le temps d'arracher quelques touffes d'herbe fraîche. Il a la démarche flegmatique que se doit d'avoir tout Anglais bien né. La vestale, toujours couchée, accompagne de toute la souplesse de son dos le poser majestueux de ses postérieurs.

Le regard vers le ciel, elle a fermé les yeux pour éviter la pluie qui se pose sur elle comme la rosée sur la pierre.

14

À la tête de nos compagnies, nous sommes des capitaines au long cours ; sans cesse sur le pont, nous naviguons chacun sur nos océans respectifs, en espérant pouvoir partager une escale.

15

Entre deux villes, de retour au fort d'Aubervilliers, Micha Figa se morfond dans son box. Ici est né le germe de leur rencontre, mais l'embryon ne se développera pas sans elle.

Le voilà seul face à l'oubli.

16

Quand je pense à eux, je sais que le projet initié ne pourra trouver sa forme que dans le vif de l'échange.

Ce qu'ils ont déjà vécu ne pourra être répété.

En attendant je dois taire le secret de ces nuits.

17

Voilà presque un an qu'ils ne se sont pas vus.

Elle a remonté son pantalon au-dessus du genou.

Il n'a fallu qu'un seul regard pour retrouver la mémoire. Un seul geste pour les reprendre tous.

À l'occasion de *Chimère*, nouveau spectacle de Zingaro en gestation, un miroir d'eau frémissante recouvre le centre de la piste. Elle va pieds nus sur la grève, Micha Figa s'attarde sur l'autre rive. Leur reflet suggère tout ce qui peut ressembler à l'attente. Enfin réunis, ils se cherchent encore. Elle s'abaisse et avec son doigt effleure l'onde de cercle en cercle jusqu'à lui. L'animal ronfle devant cette peau qui, prise de frissons, plisse, s'approche et disparaît.

L'espace s'est échappé ; je pense à l'Inde et ses mirages… à ce qui nous unit. Elle et moi tentons d'approcher le monde par l'univers des sens.

C'est elle qui bondit en premier, foulant au pied l'herbe d'écume. Elle fait mine de courir vers lui. Il retrouve ses réflexes de poulain en cavale et s'enfuit au galop les naseaux dans les nuages et la queue en rappel. Elle s'élance à sa rencontre, il l'esquive… Sa robe fait des éclairs.

Ici, pas de danses fardées, juste un cri du corps, un rire en bandoulière, un jeu d'enfant.

Un deux trois soleil.

Elle s'arrête. Il s'immobilise.

Un seul battement de cils et ses oreilles répondent par un poème en morse. Un pouls nouveau l'emporte. Peut-être enfin par le visage se sont-ils reconnus.

Elle a souri et pour la première fois j'ai cru voir un humain et un cheval échanger un sourire. Mais peut-être me faut-il écouter mieux, réapprendre à voir.

Plus tard, elle s'est accroupie devant lui et a tendu la main comme une mendiante. Avec précaution il s'est avancé sur le sol liquide pour la retrouver. Elle s'est levée et a tendu le bras très haut au-dessus de sa tête. Comme on cueille un fruit debout sur un rocher abrupt, sur la pointe des sabots, l'encolure en extension vers le ciel, Micha Figa a déposé un baiser dans le creux de sa paume.

Dans le miroir sans âge, leur corps, écho de leur cœur, retrouve sa mémoire inversée. Un geste d'accueil devient un geste d'adieu.

*

À peine levé, le soleil l'a prise par la main. Elle s'efface tandis que mes chevaux m'appellent.

18

Une autre nuit, ils s'interrogent.

Pour se faire adouber par l'animal, elle doit d'abord s'éloigner de sa danse. Est-elle encore là – ou bien ailleurs ? Elle se sent inférieure à ce qui s'échappe de sa personne.

Elle se penche aux pieds du cheval, prend de l'eau au creux de sa main et la verse délicatement le long de son garrot. L'eau glisse sur sa robe d'or. Micha Figa tourne la tête et contemple, incrédule, son flanc mouillé.

La simple attention qu'ils se portent ce soir m'apparaît comme un mouvement vers l'éternité.

19

La Plymouth écarlate semble s'aplatir encore davantage devant la colère du ciel. Réfugiés dans le ventre du veau moquetté transformé en cendrier à roulettes, nous assistons incrédules, à travers les brumes de tabac, au mouvement désespéré des essuie-glaces qui rament pour effacer les trombes d'eau qui s'abattent sur le pare-brise. Comme chaque année, le Tanztheater Wuppertal est de retour à Paris. Je suis venu la cueillir à la sortie des artistes.

À peine arrivés au Théâtre Zingaro, nous courons nous réfugier aux écuries. L'orage se déchaîne sur le décor de *Mazeppa* construit depuis peu face au théâtre. Abrité à l'entrée, je contemple la scène de mon film à venir. Le tournage commence dans quelques jours et le fracas des éclairs, la violence de la pluie donnent vie à la séquence écrite dans mon scénario. Surexcité, j'en oublie la danseuse.

J'y retourne et la découvre là, debout au centre de l'écurie, pâle et longue, entourée de tous les chiens de Zingaro couchés à ses pieds.

Image fellinienne que cette madone impavide terrorisée par l'orage et protégée par ses bêtes.

Les animaux sont des médiums, ils captent l'électricité des âmes.

20

Encore une nuit.
Pour elle, c'est toujours plus beau quand on est fatigué.
Ils sont ma vie blanche.

21

Toujours la nuit.

Micha Figa est entré en elle.

Elle le caresse comme on caresse les murs d'une cellule où l'on est enfermé.

22

Chaque nuit.

La parole des chevaux est un langage silencieux capable de faire taire la langue parlée.

Ils sont si proches et encore si distincts.
Ils s'interrogent en silence. Tant de fois j'aurai voulu surgir à son flanc, me pencher pour lui glisser à l'oreille...

23

Comment tenir tête à tant de nuit.
Ce matin, je vais à cheval comme un somnambule.

24

Dernière nuit, nous dînons dans ma caravane. Demain elle embarquera sa compagnie à Madrid pour trois semaines de résidence. Zingaro s'envolera pour trois mois à New York ; hommes et chevaux à bord de deux 747.

Elle s'inquiète pour Micha Figa.

— Ils n'ont pas peur en avion ?

Et moi, bravache, de lui répondre :

— Non, pas du tout ; ils ne savent pas qu'ils sont dans les airs, ils n'ont pas accès au hublot !

Même en anglais, ma réponse reste consternante.

25

Lecture à voix basse au cœur de la nuit :

> Je me demande si l'homme ne serait pas un animal inapte au sommeil.
>
> [...] Il n'existe pas, dans tout le règne animal, d'autre bête qui veuille dormir sans le pouvoir. Le sommeil fait oublier le drame de la vie, ses complications, ses obsessions : chaque éveil est un recommencement et un nouvel espoir.
>
> [...] Les insomnies engendrent, au contraire, le sentiment de l'agonie, une tristesse incurable, le désespoir [1].

À l'ombre des Twin Towers au bord de l'Hudson, dans son box en quarantaine, Micha Figa m'écoute patiemment.

À la fin, il bâille.

1. Cioran, « L'homme, animal insomniaque », *Sur les cimes du désespoir*, in *Œuvres*, Gallimard, Quarto, 1995.

26

J'ai rêvé qu'avec mes mains je ne pouvais toucher ni mon corps ni mon visage. Que mes yeux implantés latéralement m'empêchaient de recouper mon champ de vision. Je ne pouvais ni me toucher, ni me voir !

Je n'étais même plus sûr d'être un humain.

Elle s'était approchée de moi et m'avait caressé l'encolure.

27

En tournée sur d'autres rives, au bord de la Moskva, dans le parc de Kolomenskoïe, le chapiteau Zingaro dresse crânement ses quatre mâts comme des chatiors sur la colline où saint Georges, patron de Moscou, terrassa le dragon.

À la lueur de la nuit, elle débarque aux écuries dans un long manteau noir, telle une tsarine échappée du palais incognito. La première est dans trois jours et la piste n'est pas encore prête.

Je décide d'emmener les amants jusqu'à l'église de l'Assomption qui surplombe notre campement. Il y a là-haut un replat herbeux où le temps s'est arrêté.

Nous allons tous trois comme des maraudeurs en quête d'un abri. Sur le chemin, je me fends d'un petit historique sur ce sanctuaire orthodoxe bâti en 1532 en l'honneur de la naissance d'Ivan le Terrible.

Je leur fais part de mon émoi d'approcher les lieux où Tarkovski a tourné nombre des scènes de son *Andreï Roublev*. L'animal n'en a que faire, il se jette sur l'herbe pieuse et la dévore sans remords. Pour elle, tout est prétexte à l'échange. La voilà qui se met à brouter en retour. Elle mime les mouvements de ces mâchoires qui jamais ne s'arrêtent.

Elle prend de l'herbe et la frotte entre ses paumes, qu'elle porte aux naseaux dilatés de son bien-aimé. Odeur de sarriette mêlée au parfum de son corps de bête : l'air est pétri de piété sauvage.

Le flux de ses mains de nacre l'exorcise, invente un chapelet de senteurs qu'il égrène du bout de ses lèvres roses.

Sur le brumeux promontoire, devant les murs blancs de silence, se présente un royaume.

Nous ne sommes vraiment que lorsqu'un astre se lève en nous. Partager cet instant avec l'autre, c'est lui avouer qu'il en est la source, l'origine.

Sous le clocher poussé trop vite, elle offre ses bras à son roi couleur d'or et de lune.

28

La femme d'albâtre s'est retirée, reste un ciel de pierre.

Entre l'église de l'Assomption, l'église de Saint-Georges-le-Victorieux, celle de Kazan et la tour du monastère de Saint-Nicolas de Carélie, il flotte un air d'orthodoxie. Sous le chapiteau de Zingaro, on célèbre Igor Stravinsky avec son *Sacre du printemps* et sa *Symphonie de psaumes.*

Loin dans la nuit, une fois l'office des représentations terminé, je viens visiter Micha Figa. Dans sa cellule, il m'apparaît comme un moine en retraite. N'ayant plus à affronter l'angoisse de sa survie, développe-t-il une réflexion sur sa propre existence ? Chez lui n'y a-t-il jamais de ressentiment ?

La sagesse chez l'animal est de s'abandonner à sa fluidité intérieure, de jouir sans jugement de ce qui le meut, et sans orgueil de se suffire à lui-même.

Ce que nous appelons la sagesse nous amène à réfléchir à nos actes, à les retarder, à consumer nos envies. Lui va droit au but alors que nous nous perdons dans les méandres de nos sentiments.

On dit que chez l'animal la conscience de la mort n'est pas élevée au même niveau que chez l'homme. Qu'il est bon de vivre à l'ombre d'un être qui ne souffre pas de souvenir céleste !

Hier, à un pope en skhima qui s'aventurait tel un corbeau en pénitence sur les chemins de traverse, j'ai demandé si d'après lui les chevaux avaient une âme. Il a répondu :

— Tout ce qui mérite d'être aimé par nous possède une âme.

Pourquoi faut-il toujours que les hommes se placent du point de vue de l'homme Dieu ?

29

— Si les deux B font des petits, j'en réserve un tout de suite !

Jérôme Savary a des allures de forain chafouin, toujours affable avec sa voix de bateleur et son inamovible cigare. Il nous accueille au Théâtre national de Chaillot.

La rumeur avait vite gagné le *mundillo* culturel européen qu'un projet alléchant était en gestation mais que la difficulté d'ajuster les plannings de nos compagnies respectives retardait sa mise en œuvre.

Alors que, pour nous donner bonne conscience, nous visitions les plateaux sur l'invitation des directeurs en émoi, je pressentais déjà que ce que révélait Micha Figa en elle était si profond, si intime, si précieux qu'il serait difficile de le représenter sur scène.

L'exposer eût été le galvauder.

30

Se confier à un cheval réveille des sensations si primitives que petit à petit grandit en nous un sentiment qui, pour survivre, doit rester à l'ombre de nous-même.

31

Derrière le Théâtre de la Ville, garé sur l'accès pompiers, juste à la sortie des artistes, j'attends la prêtresse de Wuppertal. Sort Peter Pabst, l'élégant et toujours souriant décorateur polyglotte de la compagnie.

Dans un français impeccable, il entre en pâmoison devant ma Borgward Isabella couleur coquille d'œuf, que je viens de troquer contre la Plymouth à bout de souffle. C'était la voiture de son enfance, ses parents en possédaient une dans les années cinquante ! Borgward était une sorte de Tucker allemand qui eut l'outrecuidance, après guerre, de jouer sur le terrain de Mercedes. Son aventure fut brève ; juste le temps de donner naissance à ce coupé dessiné par Pininfarina qu'il baptisa du nom de sa fille : Isabella.

Nous attendons Pina qui sort éreintée. Un sourire qu'elle veut chaleureux tente d'illuminer son visage en papier mâché. Peter lui explique en allemand son aventure familiale avec cet engin à moteur, alors que nous nous dirigeons vers un restaurant, suivis par une cohorte de fidèles. Dîner interminable et bruyant, ça parle allemand, anglais, italien. Après avoir ingurgité une douzaine d'huîtres et quelques verres de vin, elle semble retrouver des forces à défaut de couleurs.

Dans la voiture, après avoir incendié nos cigarettes, elle tire le petit cendrier en laiton astucieusement incrusté dans le montant en bois verni de la porte.

— *Nice car !*

Son sourire retrouve sa place sous ses yeux malicieux.

32

Elle sait maintenant ce qu'il faut de froideur pour parvenir à la densité d'un échange. L'aura qui l'entoure n'est plus qu'une tache sombre qu'elle porte comme un fardeau.

Pour *Éclipse*, la piste couverte de cristaux de sel apparaît comme une Voie lactée. Ils se meuvent tous les deux sans peser sur l'étendue neigeuse. Ils se sont donné ce pas si fragile et ce choix du possible qui n'exclut pas la séparation. Il y a un aller pour elle, un retour pour lui, ainsi ils se lavent de la fatigue avec le sentiment intact de se comprendre. J'observe la ligne muette de son visage fatigué. Et lui sa tête fine, comment va-t-il la courber, et cette épaule et le poignet, que vont-ils dessiner ?

Le geste est plus pur que l'objet, il se découpe en ombre dure et sombre dans ce décor en noir et blanc. La nuit s'enfonce entre leurs deux solitudes, et je me dis qu'une fois de plus l'aube emportera leur confidence.

C'est alors que surgit un éclair de danse ; l'espace d'un regard je l'ai vue s'envoler comme un enfant s'envole, par la grâce de l'innocence. Elle se déplie et s'étire avec l'aisance d'un courant d'air. Micha Figa, tendu jusqu'au bout des oreilles, ne la quitte pas des yeux. Un très léger tremblement de peau parcourt son corps en apnée.

La danse doit naître sans vanité, elle n'a pour fin que de créer un état. Tout son être semble se mouvoir par lui-même avec une acuité, une vivacité, une violence qui évoquent la transe. On ne peut plus dire si elle est encore là ou bien ailleurs. Elle suit le trajet de ses membres d'une articulation à l'autre comme si ses bras, ses coudes, ses épaules et ses hanches ne lui appartenaient pas. Ses yeux mi-clos observent son propre corps dansant, des gestes sans rature qui me mettent en frisson.

Et d'un coup elle s'effondre plus qu'elle ne s'accroupit, assise sur ses talons, le visage incliné, les bras repliés et ses deux mains sur la nuque. La nuit s'est figée.

Micha Figa s'est approché. Il attend, car il a la patience des bêtes. Il veut veiller sur elle.

Son regard la traverse comme s'il pouvait voir son cœur en transparence. Il se passe tellement de choses en elle. Un récit se révèle ici sans qu'un mot soit prononcé.

Il m'a semblé apercevoir une onde, comme une vague, agiter ses épaules et sa nuque.

Alors prudemment le cheval s'est avancé jusqu'à la couvrir de son corps, la protéger de mon regard ; suture silencieuse de deux âmes.

C'est l'orage à Solingen, dans le café de la Focher Straße une petite fille s'est réfugiée sous les tables. Elle se nomme Philippine : celle qui aime les chevaux.

*

À l'aube, sans peur, nous avons rejoint la lumière.

Son carrosse noir a des airs de corbillard. Je sais déjà que rien ne sera su que par nous.

Je remonte aux écuries. À Micha Figa qui attend son repas du matin, je demande en silence :

— Comment oseras-tu danser maintenant ?

33

Il se peut que ce soit
        ce que j'ai vu.

Les choses peuvent-elles être
        sans être vues ?

Notre regard s'éteint mais elles sont
        toujours là.

Toutes ces nuits sont perdues
        et pourtant je ne peux
                les oublier.

C'est peut-être pour m'en retirer,
        que j'ai voulu faire ce geste
                vers le bas.

34

Je me courbe et pénètre dans la yourte. C'est ici que l'on se retrouve. C'est moi qui suis chargé de la toilette mortuaire, c'est à moi qu'il incombe de rattacher les os, de rassembler la poussière des cheveux et de décoller les paupières pour placer les miroirs.

Je découvre le linceul et son épaule émerge.

Avec un linge imbibé de lait de jument, je parcours le chemin de ses veines sombres. Je peux entendre une dernière fois le silence noir de sa bouche entrouverte. Mais voilà que sa poitrine inerte s'anime, que son buste se cambre, se gonfle et se fend dans sa longueur.

J'aurais voulu l'aider mais je reste là immobile. Je regarde s'extirper du tombeau de son corps un cheval d'ébène et de vent.

Il s'appuie sur sa fragile sépulture et tente de s'élancer. Trop lourd dans l'air glacé, il se déleste de sa vie posthume et s'envole dans l'obscurité du ciel.

Le ballet sanglant des étoiles forme une onde concentrique. Le temps renoue avec son origine et sa source. Et moi je suis debout, immobile au centre du cercle.

De ce cauchemar je suis sorti hébété, soulagé de retrouver mon petit lit de bois sculpté.

Je suis en Yakoutie dans un campement nomade pour terminer le tournage de mon deuxième long-métrage. Hier, une vieille chamane yakoute m'a conté une légende très ancienne. L'histoire du cheval de vent qui choisit d'offrir son lait à une jeune nomade qui ne pouvait allaiter son enfant. C'est ainsi qu'ils transhumèrent ensemble. Depuis ce temps, tous les nomades ont appris à faire le koumis.

Dans l'avion, de retour de mes aventures sibériennes, j'échange avec un paléontologue français qui m'apprend que « des archéologues ont découvert dans le nord du Kazakhstan des morceaux de poterie contenant des résidus de lait de jument sur un site datant de plus de cinq mille ans avant J.-C., accréditant la thèse que le premier homme à avoir domestiqué le cheval serait une femme ! »

35

Entre le lever du jour
et le coucher du soleil
Micha Figa est mort
les oreilles dressées

Avec une éponge humide
j'ai effacé son nom
sur l'ardoise de son box

J'ai pris mon téléphone
et j'ai appelé Wuppertal

On m'a raconté
que d'avoir trop parlé à son fantôme
elle est restée longtemps debout
chancelante comme une flamme
qui refuse de s'éteindre

36

Plus tôt sur la scène du Théâtre de la Ville, elle dansait dans un aquarium. Un cabré impossible et saisissant, les poissons géants la retenaient au fond de l'eau.

Ce soir nous avons le vin gai et la fumée sentencieuse. Nous prenons des airs de confesseurs pour évoquer nos sentinelles disparues.

D'un geste muet, nous trinquons à ceux qui ont endeuillé notre cœur. Nous trinquons car nous leur devons mémoire et vie. Nous trinquons avec la certitude des faiseurs d'éphémère. Le souvenir des êtres chéris n'est-il pas la pierre angulaire sur laquelle se bâtissent les fondements d'une œuvre d'art ?

Pour ne pas compromettre l'esprit de la carte blanche d'un soir que me propose le Festival d'Avignon dans la Cour d'honneur, nous convenons que sa présence ne sera pas annoncée. Elle pourra par sa danse évoquer Micha Figa et ainsi divaguer dans un relatif anonymat.

Nous sommes plus joyeux que dans l'âme en retrouvant mon coupé Volvo P1800 – la fameuse voiture du Saint –

mais elle ne connaît pas Simon Templar ! Un peu à l'étroit dans l'habitacle, elle a replié ses jambes et son manteau comme une paire de draps. Cette fois c'est moi qui incendie nos cigarettes.

Rendez-vous est pris pour dans quelques mois.

37

L'été, dans la cour du Palais, la pierre absorbe le jour et le rend à la nuit. Denis Lavant, gnome hagard et bondissant, expulse du fond de ses entrailles les vers d'André Velter. Est-il un ange qui a perdu ses ailes ou un singe qui a perdu son poil ?

Là-haut, les moines du monastère de Gyütö dans leur kesa pourpre fleurissent la paroi verticale. Le chant grave des bourdons mêlé à leurs harmoniques suraigus qui se chevauchent se réverbère à l'infini. Peu à peu, la pierre sombre se revêt d'une douce clarté, dans un courant d'air passe une dame d'antan. Elle se déplace dans son espace mental avec la démarche mesurée d'une prêtresse. Seule sur scène elle est son propre refuge.

là-bas des soleils contraires
éveillent les ténèbres et le jour
ce qu'ils éclairent ne se voit pas[1]

1. André Velter, *Zingaro suite équestre*, Gallimard, 1998.

La vision n'est plus ici suspendue au mouvement mais à une présence invisible, un être absent qui pourtant l'habite. Il marche dans ses pas et se meut autour d'elle. Elle s'immobilise les mains offertes, paumes vers le ciel, les bras tendus, dans un geste vers le bas comme pour recueillir l'écho secret d'une sépulture. Elle s'efface peu à peu telle une lueur d'encens.

Voilà ce qu'aurait pu être le spectacle de ces deux solitudes qui se protègent et s'inclinent, l'une devant l'ombre de l'autre. Un spectacle qui ne fut jamais donné à voir ; cette année-là, à Avignon, le festival fut annulé faute de combattant.

Le regret peut être une douloureuse possession. Avec le souvenir, il est là pour toujours et telle une bûche alimente le feu qui me consume.

« Tant de choses, entr'aperçues, ne pourront jamais être *vues* », écrit Victor Segalen.

38

Que reste-t-il de ma nuit ? s'interroge le veilleur.

La vie s'écoule, et ce qui se perd à chaque instant demeure en nous inoubliable. Faire revivre ce qui repose en moi, c'est être fidèle à ce qui disparaît ; une façon de régler mes comptes avec le vécu. Si je feuillette le passé, c'est pour tenter d'ouvrir un nouvel espace, plus large et hors du temps, ample comme une seconde vie.

Droit dans les yeux, elle m'a proposé une cigarette. Je ne fumais plus depuis sept ans déjà.

Nous nous sommes mis à table. Nous avons bu du saké en mangeant des sushis. Je lui ai parlé de ces chevaux criollos venus d'un pays où du matin au soir le soleil leur tourne autour sans jamais passer au-dessus de leur tête. Puis le front baissé, nous avons repassé des souvenirs anciens ; ceux que nous avions perdus et ceux que nous aurions dû perdre. Nous avions oublié la couleur de l'ivresse.

Silence ; elle a laissé s'échapper la fumée de sa cigarette comme des mots en l'air. Elle s'est penchée en avant, m'a pris le poignet et a posé ma main sur son cœur. D'une longue inspiration elle a tiré une taffe si profonde que je l'ai sentie palpiter alors que la fumée creusait son chemin dans sa poitrine transparente. Pour éviter son regard, j'ai plongé le mien à l'horizon comme le font les chevaux.

Les Géorgiens, avant de partir au combat, plaçaient une branche sur leur torse en espérant que, s'ils se faisaient tuer, une vigne abreuvée de leur sang leur pousserait sur le corps.

Je me suis levé pour boire un verre d'eau.

Et puis nous sommes restés là, à croire au retour de la saison froide, à la douceur des cimetières enfouis sous la neige, aux graines emprisonnées pour les transhumances à venir.

Sur un trottoir de Ginza, elle a incendié une dernière cigarette. Nous avons chacun repris notre route dans la nuit.

En me retournant, j'ai vu l'ombre errante du cheval à ses côtés. Sa robe contenait le soleil et la lune.

PiNA
e
TichA FigA
1991
BARTABAS